ZOÉ

BILOU ! BILOU ! BILOU ! BILOU !

— Allô ? répond Zoé.

— Oui, bon, fait une voix rauque qu'elle ne reconnaît pas. Je suis vraiment désolé de vous importuner, charmante demoiselle, mais Capucine m'a conseillé d'entrer en communication avec vous.

— CAPUCINE ? répète Zoé. LA CHATTE DE 4-TRINE !

— Je sais que tout cela vous semble absurde et farfelu, poursuit la voix, mais je vous assure que c'est une question de vie ou de mort. Mon amie Luciole, la petite fée, est tombée dans un piège à écureuil et elle est maintenant inconsciente. Je n'ai donc pas le choix de vous demander de nous prêter assistance.

— MAIS QUI EST-CE QUI PARLE ? C'EST TOI, CHARLES, QUI VEUX ME JOUER UN DE TES TOURS STUPIDES ?

— NON ! NON ! MADEMOISELLE ! tente de la convaincre la voix. C'EST LA VÉRITÉ ! Je m'appelle Auguste et je suis... UNE GRENOUILLE !

© 2008 **Boomerang**
Éditeur jeunesse

Créé par Richard Petit

Dépôt légal : Bibliothèque et Archives
nationales du Québec, 4e trimestre 2008

ISBN : 978-2-89595-351-7

Imprimé au Canada

Gouvernement du Québec – Programme de crédit d'impôt
pour l'édition de livres – Gestion SODEC

Boomerang éditeur jeunesse remercie la SODEC
pour l'aide accordée à son programme éditorial.

Nous reconnaissons l'aide financière du gouvernement du Canada
par l'entremise du Programme d'aide au développement
de l'industrie de l'édition (PADIÉ) pour nos activités d'édition.

edition@boomerangjeunesse.com
www.boomerangjeunesse.com

Il était **2** fois...

J'ai un peu le trac !

Bon ! Alors c'est moi qui vais lui expliquer. Il était **2** fois... est un roman TÊTE-BÊCHE, c'est-à-dire qu'il se lit à l'endroit, puis à l'envers.

NON ! NE TE METS PAS LA TÊTE EN BAS POUR LE LIRE... Lorsque tu as terminé une histoire, tu peux retourner le livre pour lire l'autre version de cette histoire. CRAQUANT, NON ? Commence par le côté que tu désires : celui de **4**-Trine ou mon côté à moi... Zoé !

J'peux continuer ? BON ! Et aussi, tu peux lire une histoire, et lorsque le texte change de couleur, retourne ton livre. À la même page de l'autre côté, tu vas découvrir des choses...

Deux aventures dans un même livre.

Tu crois qu'elle a capté ?

CERTAIN ! Elle a l'air d'être aussi brillante et géniale que nous...

On ne peut pas dire que Woopiville est une ville comme les autres, OH NON ! Rien ne se déroule de façon absolument banale.

RIEN !

Dans cette municipalité où habitent les deux filles les plus DÉMENTIELLES de la planète, Zoé et 4-Trine, leur extraordinaire quotidien deviendra aujourd'hui une aventure des plus...

ABRACADABRANTES !

Dans sa chambre, tout énervée, Zoé pianote les touches de son téléphone d'une façon plutôt fébrile.

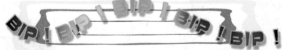

BIP ! BIP ! BIP ! BIP ! BIP !

— NON MAIS ! s'impatiente-t-elle. Est-ce que je vais finir par réussir à composer le FOUTU numéro de 4-Trine, sur ce FOUTU téléphone ?

5

Elle y parvient enfin, après la quatrième tentative. Au bout du fil, la sonnerie du portable de son amie se fait entendre.

BILOU ! BILOU ! BILOU ! BILOU ! BILOU ! BILOU ! BILOU ! BILOU !

— Elle ne me croira jamais... **JAMAIS !** se dit Zoé, perplexe. Une grenouille qui parle ??? UNE FÉE ??? Non, jamais elle ne va me croire, elle va encore penser que je souffre de...

SOMNAMBULISME !

Au bout du fil, quelqu'un répond enfin.

ENFIN !

— **BONJOUR !** commence par répondre 4-Trine. Si vous désirez faire l'acquisition de couches de bébé pleines de **BEURK !** appuyez sur le 1. Pour que quelqu'un vous gratte dans le dos, à l'endroit qui vous est inaccessible, appuyez sur le 2. Pour parler à la fille la plus fabuleuse de l'univers, moi, 4-Trine, appuyez sur le 3. Vous pouvez toujours revenir au menu principal, de pizza, de frites, et autres délectations en appuyant sur le 6-9-3-8-6-6-4-2-0-8-6-7-6-3-3 et le 4.

— **CESSE TES IDIOTIES !** s'impatiente Zoé. Il y a urgence.

QUOI DE NEUF !

4-Trine se tourne vers Zoumi et fait rouler ses yeux dans ses orbites.

— C'est Zoé, **L'HYSTÉRIQUE** !

Zoumi sourit, et hoche la tête.

— TU ES OÙ LÀ ? veut savoir vite vite Zoé.

— Chez Zoumi ! Il a tenté de transformer une distributrice automatique à bonbons en machine à laver... **LES CERVEAUX !** Il disait que le mien était tout crotté, et qu'il fallait **IMPÉRATIVEMENT** le nettoyer pour avoir de meilleurs résultats à l'école.

À l'autre bout du fil, Zoé, incrédule, grimace d'étonnement.

— Tout ce qu'il a réussi à faire avec son invention, poursuit 4-Trine, c'est modifier ma coiffure, de façon... **CATASTROPHIQUE !**

AVANT ➤ APRÈS

9

— Je ne pourrai jamais me trouver un petit copain avec cette tête-là, réalise-t-elle en se regardant dans un miroir. À moins que l'on découvre de la vie sur d'autres planètes. Il n'y a pas un seul garçon sur cette terre qui va me trouver jolie.

Elle tente de replacer ses cheveux en tapotant le dessus de sa tête avec l'autre main.

— Alors, reprend-elle, quel est le but de votre appel Madame ? Vous voulez vous procurer notre plus récent catalogue de dentiers... PRÊTS-à-PORTER ?

OUACHE !

— ARRÊTE DE PARLER COMME UNE STANDARDISTE ! s'impatiente son amie. Il faut que je te parle.

— Mais, c'est ce que tu fais en ce moment, ma chère, au cas où tu ne l'aurais pas encore remarqué.

RÉVEILLE-TOI !

— Il faut que je te raconte ça en personne parce que sinon, tu risques de me raccrocher la ligne au nez.

4-Trine lance maintenant un regard sérieux à Zoumi.

— Ça m'a l'air très dramatique cette histoire, murmure-t-elle au garçon.

Elle arbore soudain un air inquiet.

— ARRIVE ! lance-t-elle ensuite à Zoé sur un faux ton autoritaire. On n'a pas toute l'éternité. JUSTE UNE VIE !

4-Trine presse ensuite une touche sur son portable.

BLIK !

Zoé s'élance sans attendre hors de chez elle et se met à courir sur le trottoir en direction de la maison de Zoumi. Alors qu'elle s'apprête à traverser, SANS REGARDER, la tristement célèbre rue de la Crêpe, elle s'arrête net au son tonitruant des crissements de pneus d'un gros camion à ordures qui vient d'appliquer les freins pour éviter de la happer.

CRIIIIIIIIIIIIIIIIIIIIIIIIIIIIIIII !

Saisie d'effroi, Zoé perd l'équilibre, et tombe sur le derrière sur l'asphalte noir de la rue.

Du camion, une portière s'ouvre et un homme s'éjecte du véhicule immobilisé. Ensuite, il se jette très vite vers Zoé, toujours assise par terre.

— Vous n'avez pas mal ? Est-ce que ça va bien ?

— **NON !** Euh ! OUI ! J'ai seulement un peu mal aux fesses. Rien de cassé, donc rien à réparer.

Elle sourit à l'homme et se relève avec son aide.

— Mais qu'est-ce qui vous prend de traverser la rue de la Crêpe sans regarder ? grogne l'homme. **C'EST LA RUE LA PLUS DANGEREUSE DE WOOPIVILLE !** Vous savez pourquoi on la surnomme ainsi.

Zoé hoche la tête dans l'affirmative. Elle aussi, comme tout le monde, connaît la triste histoire de cette rue toujours bondée de lourds camions, sur laquelle on a retrouvé, il y a quelques mois, un pauvre chat écrasé...

— Je ne le ferai plus, promet-elle. J'ai eu la frousse de ma vie vous savez.

L'homme lui sourit à son tour et pousse un long soupir. Il est content de voir que la jeune fille a eu plus de peur que de mal.

Zoé sourit, et reprend son chemin.

— Je ne raconterai JAMAIS à 4-Trine ce qui vient de se produire, se dit-elle. Elle me traiterait de tous les noms et m'accompagnerait dans tous mes déplacements.

Quelques minutes plus tard, elle parvient à l'entrée du garage de la maison de Zoumi. Elle prend une grande inspiration, et frappe à la porte.

4-Trine lui ouvre...

WOW !

— Sexy ! s'exclame Zoé en apercevant la tête de son amie. On dirait que tu t'es foutu les doigts dans une prise de courant.

— Pas de commentaires, l'avertit 4-Trine, si tu veux demeurer mon amie.

— Et comment allez-vous... Les deux amoureux ?

Elle lance un clin d'œil en direction de Zoumi.

Zoé pose sa main sur le dessus de la tête de son amie pour toucher les pics de ses cheveux.

— Tu vas rester longtemps comme ça ?

— Si ça ne retombe pas après un sham-poing, avertit 4-Trine, je me rase complètement la tête.

— Super ! Après le look hérisson, ce sera le look balle de ping-pong !

— Gna gna ! Alors, la ramène 4-Trine, c'est quoi ton histoire ? Tu as aperçu une soucoupe volante ? C'est toi qui es la grande gagnante du tour du monde en trottinette, toutes dépenses payées ?

13

— J'ai reçu un appel tantôt ! lui dit Zoé, l'air très mystérieux.

Pour ridiculiser la banalité du début de l'histoire de son amie, 4-Trine arbore une grimace moqueuse.

— Un appel !

— Arrête et écoute ! lui intime Zoé. C'était une grenouille appelée Auguste. Il disait que son amie, Luciole, la petite fée, était prisonnière dans un piège à écureuil, et qu'elle ne se portait pas bien du tout.

4-Trine tourne le dos à son amie.

Zoé en est surprise.

— Est-ce que tu vois quelque chose entre mes omoplates ? lui demande son amie.

Zoé s'approche.

— Euh,

— Tu ne vois pas une poignée, par hasard ?

— UNE POIGNÉE ? répète Zoé. NON !

— ALORS, NE ME PRENDS PAS POUR UNE VALISE ! C'est quoi cette histoire de grenouille qui parle ?

— JE TE JURE QUE C'EST VRAI ! insiste Zoé.

— Jure-le sur quelque chose de très précieux, demande 4-Trine. Tiens, jure-le sur notre amitié.

— JE LE JURE SUR NOTRE AMITIÉ ! crie Zoé, sans se retenir, l'air grave.

4-Trine ne sait plus quoi penser. Elle se retourne vers Zoumi. Ce dernier reste muet devant la révélation de Zoé. Lui, il semble la croire.

— Une grenouille appelée Auguste ? répète 4-Trine en accordant le bénéfice du doute à Zoé. Amie d'une petite... FÉE ?

INVRAISEMBLABLE !

— Je sais que c'est difficile à croire, mais je te demande de me faire confiance, de me croire.

Le regard teinté d'incrédulité de 4-Trine reste longuement campé dans celui de Zoé.

— Et comment sais-tu qu'il ne s'agit pas d'une autre blague stupide de Charles et de sa bande de bouffons ?

— Ce ne sont pas eux, j'en suis certaine, lui affirme Zoé. C'est trop facile, je reconnais leur voix tout de suite maintenant. Il faut leur venir en aide.

— Mais, songe soudain 4-Trine, la personne qui a tendu le piège, elle, lorsqu'elle trouvera la fée dans l'une de ses cages, elle la délivrera.

Zoé est loin d'en être aussi certaine.

— Si cette personne est assez méchante pour faire du mal à de si inoffensifs écureuils, j'ai peur d'imaginer ce qu'elle fera lorsqu'elle retrouvera la petite fée. Si nous ne réussissons pas à la trouver avant, il va lui arriver malheur, j'en suis certaine.

— Et où est-ce que nous devons aller pour délivrer ta fée prisonnière ? veut savoir 4-Trine.

Zoé baisse la tête...

— Je ne sais pas, la ligne a été coupée pendant la conversation, répond Zoé à son amie en relevant la tête subitement. Ce qui prouve qu'il ne s'agit pas d'une blague. Parce que si Charles et ses zozos voulaient nous jouer un tour, ils nous auraient dit où nous rendre pour la délivrer. De cette façon, ils se seraient vraiment désopilés.

— Mais ce n'est tout de même que la moitié d'une histoire que tu nous sers là ! se désole 4-Trine.

Zoumi est d'accord.

— Oui, Madame Zoé, comment allons-nous faire pour la trouver avec le peu que nous savons ? Merci !

4-Trine se met à réfléchir quelques secondes, puis suggère :

— Lisons une page de Poupoulidou. J'ai toujours de bonnes idées lorsque je lis quelques pages de ma bédé préférée.

OUI ! STEVEN ROBIDOUX

OU SI VOUS PRÉFÉREZ,

SR

COMME IL EST ÉCRIT SUR L'ÉCUSSON BRODÉ DE SON CHANDAIL

MAIS QUI EST DONC CE HÉROS AUX POUVOIRS EXTRAORDINAIRES QUI VIENT DE SAUVER

POUP ?

«POUP» EST LE SURNOM QUE NOUS VENONS TOUT JUSTE DE TROUVER À POUPOULIDOU. IL EST TOUT NEUF DONC, FAITES ATTENTION POUR NE PAS LE BRISER...

AH HA !

LA CURIOSITÉ VOUS DÉVORE COMME UNE BANDE D'ADOS AVEC UN SAC DE CROTTES AU FROMAGE !

ALORS LE VOICI !

VOUS BRÛLEZ D'ENVIE D'EN SAVOIR PLUS SUR LE MYSTÉRIEUX STEVEN ROBIDOUX ? ALLEZ À LA PAGE DE POUP DU CÔTÉ DE 4-TRINE

— **Je sais !**
s'exclame 4-Trine
ensuite, comme elle
l'avait dit. Vous
deux, surfez sur le Net
et cherchez toute l'info que
vous pouvez sur les pièges à
écureuils.

— Et toi, qu'est-ce que tu vas faire ?
veut savoir Zoé.

4-Trine pointe sa coiffure avec ses
deux index.

— Il n'est pas question que je déam-
bule comme ça, dans les rues de
Woopiville, à la recherche d'une fée. Je
me ferais interner dans un asile de
fous. Je vais plutôt aller prendre
une douche chez moi. **ZOUMI !**
s'écrie-t-elle ensuite en
arrachant la casquette de
la tête du garçon. JE
T'EMPRUNTE ÇA !

GO ! GO ! GO !

Arrivée dans la chambre de Zoumi, Zoé se jette sur l'ordi du garçon et tape tout de suite : écureuil-pièges-Woopiville.

60 332 pages trouvées...

— ÇA VA NOUS PRENDRE DES SIÈCLES À DÉCORTIQUER TOUT ÇA ! réalise avec désarroi Zoé. Nous ne parviendrons pas à la délivrer à temps.

IMPOSSIBLE !

Zoumi pianote à son tour sur les touches du clavier.

Sept pages trouvées...

— C'est beaucoup mieux ! Madame Zoé ! Merci !

— Non ! Toi, merci !

— Ce n'est rien, merci ! répète Zoumi.

— ARRÊTE AVEC TES MERCIS ! insiste Zoé. Il y a sept lieux à fouiller. C'est beaucoup trop d'endroits à visiter.

— Il faut exclure les commerces qui vendent ces pièges, car il y a peu de chances qu'ils les utilisent, suggère Zoumi. Merci !

BONNE IDÉE !

Zoé presse quelques touches.

SUPER !

— IL N'EN RESTE QUE TROIS ! s'exclame-t-elle. Voici les coordonnées des trois personnes, à Woopiville, qui ont acheté ce type de pièges.

— Laquelle des trois est-ce, Madame Zoé ? La ville est grande, nous n'avons peut-être pas le temps de visiter et fouiller chacun de ces endroits, merci !

Zoé examine attentivement les adresses puis s'écrie :

— Là ! C'est là que la fée est prisonnière !

Zoumi dévisage soudain Zoé avec un air de totale incompréhension.

— Mais comment vous avez fait, Madame Zoé, pour savoir ? Merci !

— C'est le seul endroit situé près d'une forêt, lui fait-elle remarquer. Les fées, à ce que je sache, ne vivent pas dans les zones industrielles, ou résidentielles... Elles vivent dans les belles forêts, et la forêt la plus magnifique de Woopiville est...

La forêt d'Enchantia !

Zoé se lance ensuite sur le téléphone pour donner un point de rendez-vous à son amie 4-Trine.

À l'autre bout de la ville, à l'orée de la forêt d'Enchantia, Zoé, 4-Trine et Zoumi sont tous les trois couchés dans l'herbe haute, devant une clôture en barbelés.

— C'est la bonne adresse ? veut s'assurer 4-Trine.

— Oui ! lui répond Zoé. La forêt d'Enchantia est juste derrière cette baraque délabrée.

— Non mais quel accueil ! chuchote 4-Trine à ses amis. Vous avez vu le panneau ?

DÉFENSE D'ENTRER
CHIEN TRÈS MÉCHANT ET PEU NOURRI
IL S'APPELLE ROMÉO ET IL RAFFOLE DES INTRUS, ET DES PANNEAUX...

— Dommage que ma petite chatte punk Capucine ne soit pas avec nous, se désole 4-Trine. Elle n'en aurait fait qu'une bouchée de ce cabot féroce.

— Alors, vous voyez, leur fait remarquer Zoé, c'est une très bonne décision d'être venus délivrer la fée. Le propriétaire est une personne foncièrement méchante. Ce panneau en est la preuve.

— Si c'est la seule voie possible pour entrer dans la forêt, leur fait comprendre 4-Trine, il faut traverser la clôture.

Zoumi se tourne vers elle.

— Mais le chien, Madame 4-Trine, vous l'avez oublié, merci !

— Il n'y a pas trente-six solutions tu sais, lui fait réaliser son amie. Et puis, ici, on ne peut pas s'attendre à avoir de l'aide de personne.

Elle se tourne ensuite vers Zoé.

— Et puis Alberto, ton crapaud ? lui rappelle 4-Trine. Est-ce qu'il va se manifester un jour, tu crois ?

— C'est une grenouille ! la corrige-t-elle. Et il se nomme Auguste.

Elle se contente ensuite de lever les épaules.

4-Trine inspire un bon coup, et ébauche un plan.

— Nous allons nous séparer. Toi, Zoé, tu partiras avec Zoumi. Si vous rencontrez Roméo, tu lui donneras quelque chose à se mettre sous la dent... ZOUMI !

Les yeux du principal intéressé s'agrandissent de terreur.

— Et toi, dit Zoé, tu vas nous attendre ici.

— Non ! J'entre aussi. Séparés, nous aurons deux fois plus de chances de la trouver.

C'EST MATHÉMATIQUE !

Après avoir examiné attentivement les lieux, 4-Trine constate que la voie semble libre. Elle soulève avec précaution les fils barbelés pour permettre à ses deux amis d'entrer. Ensuite, sur le ventre, elle se glisse sous le dangereux cordage de métal pourvu de pics pointus. Puis, sans dire un mot, elle montre son index à Zoé et Zoumi, et pointe le sol devant elle ensuite.

— Oui ! comprend alors Zoé. Dans une heure, de retour ici. Avec, ou sans la fée.

Aussitôt dit, les trois amis prennent deux directions différentes.

En marchant dans la forêt, Zoé examine attentivement chaque arbre.

— Vous croyez que la cage dans laquelle se trouve la fée est accrochée à un arbre, Madame Zoé ? Merci !

— Non ! lui répond-elle. Je cherche des écureuils, et je n'en vois aucun.

Zoumi lève la tête lui aussi vers la cime des arbres.

— Qu'est-ce que ça veut dire ?

— Ça signifie que nous sommes sur la bonne piste, car tous les écureuils du secteur ont été capturés. Il doit donc forcément y avoir des cages par ici.

Zoumi regarde partout autour de lui.

— Là ! Madame Zoé ! Il y en a une, et il y a quelque chose qui bouge à l'intérieur.

Zoé étire le cou.

— Ce n'est qu'un écureuil ! constate Zoumi. Qu'est-ce qu'on fait Madame Zoé ? Merci !

— Il faut lui rendre sa liberté.

Elle s'élance avec le jeune garçon vers la cage et ouvre tout de suite la petite porte. Chétif et affaibli par le manque flagrant de nourriture, le petit rongeur se lance tout de suite vers un ruisseau pour s'abreuver.

— Tu as vu comme il a soif ? fait remarquer Zoé à Zoumi. Il y a des jours qu'il est emprisonné dans cette cage.

— Mais qui peut bien faire des choses aussi horribles à ces petits animaux, Madame Zoé ? Merci !

— Je ne sais pas, mais il n'a pas le droit de faire ça, je vais le dénoncer aux autorités, tu peux en être certain.

Zoé soulève ensuite son pied et le rabat très fort sur la cage maudite pour l'aplatir, et ainsi la rendre inutilisable.

À quelques mètres d'eux, dans une seconde cage, Zoumi aperçoit un autre écureuil en détresse.

— Tu n'as pas que des beaux yeux, Zoumi, tu sais, ils sont aussi très bons.

Zoumi rougit devant ce compliment, et se dirige vers la cage. Il en trouve ensuite une troisième, et une quatrième...

Après avoir trouvé des dizaines de cages, et libéré tout autant d'écureuils prisonniers, Zoé et Zoumi n'ont toujours pas aperçu l'ombre d'une petite fée prisonnière.

Zoumi consulte sa montre.

— Il est temps de retourner, Madame Zoé, merci !

Zoé pousse un long soupir de déception.

Alors qu'elle s'apprête à rebrousser chemin, elle perçoit ce qui semble être un curieux gargouillis. Elle se tourne vers Zoumi.

— C'est toi qui as fait ça Zoumi ? Tu as roté, dis-moi ?

Zoumi se sent insulté.

— **JAMAIS JE NE FERAIS UNE CHOSE PAREILLE ! MERCI ! JE SUIS TROP BIEN ÉLEVÉ.**

— Non ! C'est plutôt moi ! dit soudain une voix rauque et caverneuse. Il s'agit de ma personne, si je peux m'exprimer ainsi !

Zoé a bien vu que les lèvres de Zoumi n'ont pas bougé, c'est donc quelqu'un d'autre qui vient de parler. C'est peut-être le sinistre personnage qui habite ces lieux. Elle fait rapidement un tour d'horizon.

— **QUI A PARLÉ ? MONTREZ-VOUS !**

— Mais je suis complètement exposé très chère, répond encore la voix, vous n'avez qu'à baisser votre jolie tête, et vous me verrez.

Lorsque Zoé s'exécute, elle aperçoit une grosse grenouille verte sur le sol qui la regarde. Elle est coiffée d'une couronne dorée.

Surprise, Zoé sursaute et tombe encore une fois sur le derrière.

— **aïe ! encore** ! C'est la deuxième fois que je me ramasse sur les fesses. Quelle journée !

— Jamais deux sans trois, jeune dame ! dit la grenouille. Attention où vous mettez les pieds ! Ça pourrait être dangereux.

Toujours assise sur l'herbe, Zoé lève ensuite les yeux vers la grenouille. Bouche bée, Zoumi s'approche.

— Vous, vous êtes Auguste, demande Zoé à la grenouille, confortablement immobile devant elle. C'est vous qui m'avez téléphoné plus tôt ?

— Oui ! Oui ! Et permettez-moi de vous transmettre tous mes remerciements, lui répond Auguste. Quelle journée nous avons aujourd'hui, n'est-ce pas ? La capture de Luciole mon amie la Fée, le coup de fil que j'ai dû vous envoyer pour obtenir votre aide... Vous n'avez pas idée à quel point j'ai dû user de ruse, de pirouettes et de culbutes pour trouver, et surtout, introduire la monnaie dans le téléphone de la cabine... INCROYABLE ! Je suis prêt à travailler dans un cirque maintenant, se vante finalement Auguste.

— Mais trêve de bavardages, se ramène à l'ordre la grenouille. Il faut délivrer Luciole et vite, elle a perdu beaucoup de sa vitalité. VENEZ !

Auguste exécute un grand saut et se met à gambader dans la forêt. Zoé et Zoumi se lancent derrière lui.

Quelques centaines de mètres plus loin, ils croisent tous les trois 4-Trine et sa chatte Capucine. SURPRISE !

— NOUS SAVONS OÙ SE TROUVE LUCIOLE LA FÉE ! lui annonce tout de suite Zoé, qui arrive vers elle. 4-Trine, je te présente Auguste la grenouille. Il est l'ami de la petite fée. C'est lui qui m'a téléphoné pour me prévenir.

— Permettez-moi de vous saluer, jolie demoiselle, lui lance la grenouille.

4-Trine observe, bouche bée, la grenouille qui vient, à son grand étonnement, de lui adresser la parole. 4-Trine la regarde encore longuement, la bouche toute grande ouverte de stupéfaction.

Zoé se penche vers son amie.

— Je te conseille de fermer ta bouche, sinon tu vas avaler une mouche.

Son amie finit par sortir de sa torpeur.

— Je vois que tu es avec Capucine, constate Zoé. Elle est venue te rejoindre si loin, dans cette forêt ?

— Oui ! lui répond 4-Trine. Elle m'a sauvée des griffes de ce fameux Roméo. Vous pouvez me croire, il ne risque plus de nous embêter celui-là.

— C'est une excellente nouvelle, s'exclame la grenouille Auguste. MERCI CAP !

BOUINNN !

— CAP ! répète 4-Trine. Euh ! Vous vous connaissez ?

— Oui ! Depuis très longtemps. Votre petite chatte séjourne très souvent dans la forêt d'Enchantia.

— Vous parlez le langage des chats ? s'étonne Zoé.

— Oui ! Un peu ! répond Auguste. Et, bien entendu, je parle aussi la langue des fées.

— Et la couronne dorée ? veut savoir 4-Trine. Qu'est-ce que ça signifie ? Vous êtes roi de quelque chose ? Ou prince d'une lagune quelconque ?

Auguste la grenouille s'étonne de la question de sa jeune interlocutrice.

— Quelle couronne ? Mais de quoi me causez-vous jeune fille ?

— MAIS DE LA COURONNE QUE VOUS PORTEZ SUR LA TÊTE VOYONS !

Auguste lève les yeux et aperçoit soudain l'objet doré.

— AH ! Tiens donc ! s'étonne la grenouille. C'est la première fois que je la remarque. Il faut y aller !

Et elle se met ensuite à sautiller pour s'enfoncer encore plus profondément dans la forêt. Zoé, 4-Trine et Zoumi se lancent tous les trois des regards interrogateurs.

Plus loin, entre deux arbres morts, la grenouille aperçoit une cage rouillée.

— Voilà ! s'écrie Auguste, qui se met à gambader plus rapidement. ELLE EST LÀ !

Tous s'approchent de la cage.

— **OH NOOON!** lance Auguste, désespéré. **IL EST TROP TARD !**

— **non! elle respire encore!** fait remarquer Zoé avec soulagement. — **IL FAUT LA SORTIR DE LÀ IMMÉDIATEMENT !**

Zoé soulève la cage et ouvre la porte. Ensuite, très délicatement, 4-Trine introduit sa main dans l'ouverture pour en extirper la petite fée. Près d'elle, Auguste bondit très haut dans les airs afin de voir dans quel état se trouve sa minuscule amie.

Dans la main de 4-Trine, Luciole ne bouge pas, et respire à peine. Un grand silence envahit soudain la forêt lorsque Auguste cesse de sautiller. Dans ses grands yeux rouges, Zoé, 4-Trine et Zoumi devinent des larmes. Zoé se penche vers la grenouille.

— Qu'est-ce qui se passe Auguste ? Pourquoi est-elle si faible ? Sommes-nous arrivés trop tard ?

Auguste demeure silencieux pendant de longues secondes avant de finalement répondre. Une grosse larme coule sur son museau vert, et tombe sur une feuille sèche sur le sol.

— Nous ne pouvons plus rien pour elle, lui annonce-t-il à contre-cœur. Dans cette cage, elle a dépensé toutes ses étoiles.

— Quelles étoiles ? veut comprendre Zoé. De quoi parlez-vous ?

— La vitalité d'une fée est composée de sept étoiles, qui faiblissent avec le temps qui passe, leur explique Auguste. Il y a quelques jours, lorsque nous tentions tous les deux de libérer un écureuil, ce gros chien répugnant de Roméo a surgi de nulle part. Moi, j'ai pu m'enfuir, mais Luciole, elle, a dû trouver refuge dans la cage, qui s'est refermée sur elle. Avec l'énergie de ses étoiles, elle aurait pu ouvrir facilement la porte et sortir de cette prison. Mais il ne lui en restait alors qu'une seule, qu'elle devait conserver pour se maintenir en vie.

Doucement, 4-Trine se penche vers Auguste.

— Mais, veut-elle comprendre, ces étoiles de vitalité, est-ce qu'elles peuvent revenir ?

— Oui ! Chaque fée possède un gros champignon, sur lequel elle dort pour retrouver sa vitalité. Mais ces champignons féeriques sont un secret bien gardé des fées à qui ils appartiennent. Je connais beaucoup de choses sur mon amie Luciole. Mais son champignon, j'ignore complètement où il se trouve...

Autour de la grenouille, un grand sentiment d'impuissance s'installe. Dans sa main, 4-Trine sent tout à coup le corps de Luciole, qui devient de plus en plus froid.

— Mais c'est quoi au juste cette énergie, fouille encore Zoé, qui ne décroche pas. De l'électricité ? C'est quoi ?

— Des ions, lui répond Auguste, les yeux fermés. Des ions négatifs comme on en trouve dans l'air à la suite d'un orage, qui vous vivifient et vous rafraîchissent les journées de grande chaleur.

Zoé lève les yeux vers le ciel bleu, immaculé.

— Il n'y a aucune chance qu'un orage se déclare aujourd'hui, constate-t-elle avec regret.

— MAIS, MADAME ZOÉ, JE SAIS OÙ TROUVER DES IONS NÉGATIFS VIVIFIANTS À LA TONNE ! s'exclame soudain Zoumi. MERCI !

Zoé, 4-Trine et Auguste se tournent tous les trois vers le jeune garçon.

— OUI ! DANS MA MACHINE À NETTOYER LES CERVEAUX ! MERCI !

Zoé se lève promptement et se place devant Zoumi.

— Répète ce que tu viens de dire !

— Mais, Madame Zoé, ma machine à laver les cerveaux fonctionne avec un bombardement dynamisant d'ions négatifs ! Je le sais, parce que c'est moi qui l'ai fabriquée, merci !

Zoé se penche et ramasse Auguste. Ensuite, comme des fusées, ils se propulsent tous les trois en direction de...

LA MAISON DE ZOUMI !

Mais juste comme ils allaient quitter la forêt, ils sont arrêtés par un homme costaud au visage dur, antipathique et inhospitalier.

— TIENS ! TIENS ! DES INTRUS ! Qu'est-ce que je vais faire de vous ? Après avoir été envahi par des écureuils, me voilà assiégé par des jeunes voyous.

Zoé fait trois grandes enjambées en direction de l'homme, et se place à un centimètre de son nez.

— CE QUE VOUS FAITES ICI AUX ANIMAUX ET À LA FORÊT EST IMPARDONNABLE ! NON SEULEMENT VOUS ALLEZ NOUS LAISSER PASSER TOUT DE SUITE, MAIS VOUS ALLEZ QUITTER WOOPIVILLE POUR TOUJOURS, SINON GARE À VOUS ! JE VAIS REVENIR ET JE NE SERAI PAS TOUTE SEULE !

L'homme, visiblement, est décontenancé par la détermination de la jeune fille qui le réprimande comme le fait une directrice d'école. Devant lui, le regard furieux, Zoé le fixe sans broncher. Dans sa main, elle tient une curieuse grenouille aux yeux rouges. Se sentant soudain coupable de ses agissements, l'homme s'écarte du chemin de Zoé, en regardant le sol de façon piteuse.

Arrivée rapidement dans le garage de Zoumi, 4-Trine dépose le corps inerte de la petite Luciole sur le banc placé au centre de la machine à nettoyer les cerveaux. Après avoir fermé la porte de l'appareil, Zoumi le met en marche sans plus attendre.

Par le hublot, la lumière vive les empêche de regarder à l'intérieur. Au bout de plusieurs longues minutes, Zoumi éteint son appareil et ouvre la porte. Le corps de Luciole a disparu. Toujours dans la main de Zoé, Auguste ferme à nouveau les yeux.

— Il était trop tard, en conclut-il, très attristé. Elle est disparue.

Le lendemain, malgré le fait qu'elles se soient retrouvées très tôt toutes les deux ensemble, Zoé et 4-Trine ne se sont pas dit un seul mot... **Pas un seul** !

Elles n'ont fait que se lancer des regards sporadiquement. Assises sur le banc du parc, elles attendent mutuellement que l'autre brise, par un premier mot, ce lourd silence.

— Nous n'avons peut-être pas d'amie fée, mais nous nous avons toutes les deux, finit par dire 4-Trine, qui n'en pouvait plus de ce silence insupportable.

Zoé, elle, par contre, se contente de hocher la tête en silence.

— Ah oui, c'est vrai ! continue 4-Trine. Nous avons aussi un ami grenouille du nom d'Auguste. Tu réalises ? C'est pas mal cool, moi, je trouve.

Zoé hoche la tête encore.

— Tu crois que cet idiot de Zoumi a tenu sa promesse de ramener Auguste dans la forêt d'Enchantia, comme il avait dit qu'il le ferait, hier soir ?

Zoé hausse les épaules.

— Je crois que nous devrions y aller, juste pour nous en assurer.

4-Trine se lève promptement.

— **ALLEZ MISS DÉPRIME !** la défie-t-elle. Une course jusque là-bas. La dernière arrivée chez Zoumi est la plus laide des deux. Je sais que c'est toi la plus laide, mais je veux te laisser une chance.

Zoé sourit enfin à son amie... ET SE MET À COURIR !

— TRICHEUSE ! l'invective 4-Trine, qui a peine à la suivre.

Arrivée à la hauteur de la rue de la Crêpe, Zoé trébuche, et se ramasse UNE TROISIÈME FOIS sur les fesses, DANS LE MILIEU DE LA RUE !

4-Trine, qui s'apprêtait à venir en aide à son amie, s'arrête net lorsqu'elle aperçoit un très long et lourd camion... **QUI FONCE DROIT SUR ZOÉ !** Toujours sur son séant, celle-ci est pétrifiée. Alors que le dangereux véhicule n'est plus qu'à quelques mètres d'elle, elle se sent tout à coup soulevée du sol très rapidement. Sous son corps qui flotte maintenant dans le vide, au-dessus de la rue, le camion poursuit sa route. Autour d'elle, plusieurs étoiles tournoient telle une tornade lumineuse.

Sur le trottoir, 4-Trine n'en croit pas ses yeux. Comme par magie, les étoiles emportent ensuite Zoé. Sur la terre ferme, 4-Trine suit de peine et de misère, en courant, les déplacements de son amie, qui virevolte et vole en direction de la forêt d'Enchantia.

Près d'Auguste, qui attend au beau milieu d'une clairière, Zoé atterrit comme un oiseau gracieux. 4-Trine, à bout de souffle, arrive quelques secondes après.

— Mais qu'est-ce qui se passe Auguste ?

La grenouille arbore un large sourire.

— La machine de votre ami Zoumi a fonctionné.

Autour des deux amies ébahies, une espèce de gros insecte virevolte...

LUCIOLE !

Zoé et 4-Trine l'observent, émerveillées toutes les deux.

WOW !

— Hier, raconte Auguste, Luciole ne possédait même plus une seule étoile, il ne lui restait qu'une simple poussière d'étoiles. Cette poussière, ravivée par la machine de Zoumi, s'est échappée et a retrouvé son champignon. Ce matin, dans mon étang, Luciole a fait battre ses ailes au-dessus de l'eau, comme elle fait toujours. Éclaboussé, je me suis réveillé. J'étais si heureux...

— Mais, réalise tout à coup Zoé, vous m'avez tous les deux sauvé la vie ? Vous, Auguste, et Luciole !

— Hier vous m'avez raconté que vous étiez tombée deux fois, lui rappelle la grenouille. Et comme je vous ai répondu, il y a un dicton qui dit : jamais deux sans trois. Alors, je devais vous surveiller, car je savais que cela allait se produire... **UNE TROISIÈME FOIS !**

Autour des deux amies, joyeuse, Luciole continue de virevolter.

— Je ne savais que faire pour vous démontrer ma gratitude. C'est Luciole qui en a eu l'idée. Nous allons vous montrer les plus beaux endroits de la forêt... **VENEZ !**

43

44

— Maintenant, leur demande Auguste en s'écartant de l'arbre dans lequel est caché le champignon de Luciole, il faut la laisser se reposer. Revenez demain, au coucher du soleil. Il y aura la fête de toutes les fées de la forêt d'Enchantia...

FIN

Retourne ton roman
TÊTE-BÊCHE
pour lire l'histoire de

Retourne ton roman

TÊTE-BÊCHE

pour lire l'histoire de

 **ZOÉ**

— Maintenant, leur demande Auguste en s'écartant de l'arbre dans lequel est caché le champignon de Luciole, il faut la laisser se reposer. Revenez demain, au coucher du soleil. Il y aura la fête de toutes les fées de la forêt d'Enchantia...

FIN

46

BILOU ! BILOU ! BILOU ! BILOU !

— Allô ? répond Zoé.

— Oui, bon, fait une voix rauque qu'elle ne reconnaît pas. Je suis vraiment désolé de vous importuner, charmante demoiselle, mais Capucine m'a conseillé d'entrer en communication avec vous.

— CAPUCINE ? répète Zoé. LA CHATTE DE 4-TRINE !

— Je sais que tout cela vous semble absurde et farfelu, poursuit la voix, mais je vous assure que c'est une question de vie ou de mort. Mon amie Luciole, la petite fée, est tombée dans un piège à écureuil et elle est maintenant inconsciente. Je n'ai donc pas le choix de vous demander de nous prêter assistance.

— MAIS QUI EST-CE QUI PARLE ? C'EST TOI, CHARLES, QUI VEUX ME JOUER UN DE TES TOURS STUPIDES ?

— NON ! NON ! MADEMOISELLE ! tente de la convaincre la voix. C'EST LA VÉRITÉ ! Je m'appelle Auguste et je suis... UNE GRENOUILLE !

© 2008

Boomerang
Éditeur jeunesse

Créé par Richard Petit

Dépôt légal : Bibliothèque et Archives
nationales du Québec, 4e trimestre 2008

ISBN : 978-2-89595-351-7

Imprimé au Canada

Gouvernement du Québec – Programme de crédit d'impôt
pour l'édition de livres – Gestion SODEC

Boomerang éditeur jeunesse remercie la SODEC
pour l'aide accordée à son programme éditorial.

Nous reconnaissons l'aide financière du gouvernement du Canada
par l'entremise du Programme d'aide au développement
de l'industrie de l'édition (PADIÉ) pour nos activités d'édition.

edition@boomerangjeunesse.com
www.boomerangjeunesse.com

Il était **2** fois...

J'ai un peu le trac !

Bon ! Alors c'est moi qui vais lui expliquer. Il était **2** fois... est un roman TÊTE-BÊCHE, c'est-à-dire qu'il se lit à l'endroit, puis à l'envers.

NON ! NE TE METS PAS LA TÊTE EN BAS POUR LE LIRE... Lorsque tu as terminé une histoire, tu peux retourner le livre pour lire l'autre version de cette histoire. CRAQUANT, NON ? Commence par le côté que tu désires : celui de **4-Trine** ou mon côté à moi... Zoé !

J'peux continuer ? BON ! Et aussi, tu peux lire une histoire, et lorsque le texte change de COULEUR, retourne ton livre. À la même page de l'autre côté, tu vas découvrir des choses...

Deux aventures dans un même livre.

Tu crois qu'elle a capté ?

CERTAIN ! Elle a l'air d'être aussi brillante et géniale que nous...

O

n ne peut pas dire que Woopiville est une ville comme les autres, **OH NON !** Rien ne se déroule de façon absolument banale.

RIEN !

Dans cette municipalité où habitent les deux filles les plus **DÉMENTIELLES** de la planète, Zoé et 4-Trine, leur extraordinaire quotidien deviendra aujourd'hui une aventure des plus...

ABRACADABRANTES !

— **AH BRAVO !** s'emporte 4-Trine. Toi qui voulais laver mon cerveau. C'EST RATÉ ! Non mais tu as vu ma tête ?

Zoumi regarde d'un air piteux. Pour celles qui étaient parties à la cuisine se préparer une collation pendant cet épisode, Zoumi est le garçon qui est **FOLLEMENT** amoureux de 4-Trine.

MERCI !

— Mais pourquoi êtes-vous mécontente madame 4-Trine ? demande le timide garçon. Vous êtes très jolie ! merci !

Aussi, Zoumi termine, immanquablement, chacune de ses phrases par le mot « merci ». Ce qui exaspère vraiment la jeune fille.

— Dans mon pays, les moutons sont tous coiffés de cette façon, ajoute-t-il, merci !

4-Trine lui fait les gros yeux.

— LES MOUTONS ! répète-t-elle, en furie. BILOU ! BILOU ! BILOU !

Elle sort son portable de son sac à dos.

— TOI, TU ES PLUTÔT CHANCEUX ! Oui ! Tu vas rester en vie encore un peu de temps, car j'ai un appel.

Zoumi soupire...

Mais ce n'est que partie remise.

— BONJOUR ! commence par répondre 4-Trine. Si vous désirez faire l'acquisition de couches de bébé pleines de BEURK ! appuyez sur le 1. Pour que quelqu'un vous gratte dans le dos, à l'endroit qui vous est inaccessible, appuyez sur le 2. Pour parler à la fille la plus fabuleuse de l'univers, moi, 4-Trine, appuyez sur le 3. Vous pouvez toujours revenir au menu principal, de pizza, de frites, et autres délectations en appuyant sur le 6-9-3-8-6-6-4-2-0-8-6-7-6-3-3 et le 4.

— CESSE TES IDIOTIES ! s'impatiente Zoé. Il y a urgence.

QUOI DE NEUF !

4-Trine se tourne vers Zoumi et fait rouler ses yeux dans ses orbites.

— C'est Zoé, **L'HYSTÉRIQUE** !

Zoumi sourit, et hoche la tête.

— TU ES OÙ LÀ ? veut savoir vite vite Zoé.

— Chez Zoumi ! Il a tenté de transformer une distributrice automatique à bonbons en machine à laver... LES CERVEAUX ! Il disait que le mien était tout crotté, et qu'il fallait IMPÉRATIVEMENT le nettoyer pour avoir de meilleurs résultats à l'école.

À l'autre bout du fil, Zoé, incrédule, grimace d'étonnement.

— Tout ce qu'il a réussi à faire avec son invention, poursuit 4-Trine, c'est modifier ma coiffure, de façon... CATASTROPHIQUE !

AVANT ➤ APRÈS

9

— Je ne pourrai jamais me trouver un petit copain avec cette tête-là, réalise-t-elle en se regardant dans un miroir. À moins que l'on découvre de la vie sur d'autres planètes. Il n'y a pas un seul garçon sur cette terre qui va me trouver jolie.

Elle tente de replacer ses cheveux en tapotant le dessus de sa tête avec l'autre main.

— Alors, reprend-elle, quel est le but de votre appel Madame ? Vous voulez vous procurer notre plus récent catalogue de dentiers... PRÊTS-À-PORTER ?

OUACHE !

— ARRÊTE DE PARLER COMME UNE STANDARDISTE ! s'impatiente son amie. Il faut que je te parle.

— Mais, c'est ce que tu fais en ce moment, ma chère, au cas où tu ne l'aurais pas encore remarqué.

RÉVEILLE-TOI !

— Il faut que je te raconte ça en personne parce que sinon, tu risques de me raccrocher la ligne au nez.

4-Trine lance maintenant un regard sérieux à Zoumi.

— Ça m'a l'air très dramatique cette histoire, murmure-t-elle au garçon.

Elle arbore soudain un air inquiet.

— ARRIVE ! lance-t-elle ensuite à Zoé sur un faux ton autoritaire. On n'a pas toute l'éternité. JUSTE UNE VIE !

4-Trine presse ensuite une touche sur son portable.

BLIK !

La tête comme AILLEURS, 4-Trine devient maintenant très songeuse. Elle a vraiment hâte d'entendre Zoé. Elle songe soudain à cette TRÈS DANGEREUSE rue de la Crêpe, que doit traverser son amie pour se rendre à la maison de Zoumi, située un peu au nord de la ville.

— Ne vous en faites pas Madame 4-Trine, tente de la rassurer Zoumi. Vous voulez que je vous donne un baiser ? Ça pourrait vous aider à vous détendre ? Merci !

Elle se tourne vers lui.

— NOOOOON ! NOUS NE SOMMES PLUS À VENISE ICI !

Zoumi se rappelle.

— Ah oui ! Comme c'était venisique ! Vous ne trouvez pas, Madame 4-Trine ?

— VENISIQUE ??? Mais qu'est-ce que tu racontes ? Ce n'est même pas un mot qui existe ça, VENISIQUE ! Il faut dire : romantique... ROMANTIQUE !

TU PIGES !

— Mais, Madame 4-Trine, continue le garçon, c'est à Rome que l'on peut être romantique ; à Venise, il faut dire... venisique ! Donc ici, en ce moment, tous les deux, nous sommes... WOOPIVILLIQUES ! Merci !

C'en est trop ! 4-Trine explose.

— JE NE SAIS PAS POURQUOI JE T'ENDURE ! TU M'APPELLES MADAAAAME ! TU DIS TOUT LE TEMPS MEEEERCI ! SANS COMPTER QUE TU AS BOUSILLÉ MA SUBLIME COIFFURE POUR L'ÉTERNITÉ. JE DEVRAIS ÊTRE PAYÉE TRÈS CHER POUR T'ENDURER, TU SAIS ?

DES MILLIONS ! $$$$$$$

— C'est parce que vous avez les mêmes sentiments que j'ai pour vous, Madame 4-Trine.

Le visage de 4-Trine devient tout rouge. Avec sa coiffure bizarre, ce n'est pas très très beau, il faut le dire.

Quelqu'un frappe à la porte d'entrée du garage.

4-Trine va ouvrir...

— Sexy ! s'exclame Zoé en apercevant la tête de son amie. On dirait que tu t'es foutu les doigts dans une prise de courant.

— PAS DE COMMENTAIRES, l'avertit 4-Trine, si tu veux demeurer mon amie.

— Et comment allez-vous... LES DEUX AMOUREUX ?

Elle lance un clin d'œil en direction de Zoumi.

Zoé pose sa main sur le dessus de la tête de son amie pour toucher les pics de ses cheveux.

— Tu vas rester longtemps comme ça ?

— Si ça ne retombe pas après un shampoing, avertit 4-Trine, je me rase complètement la tête.

— SUPER ! Après le look hérisson, ce sera le look balle de ping-pong !

— GNA GNA ! Alors, la ramène 4-Trine, c'est quoi ton histoire ? Tu as aperçu une soucoupe volante ? C'est toi qui es la grande gagnante du tour du monde en trottinette, toutes dépenses payées ?

13

— J'ai reçu un appel tantôt ! lui dit Zoé, l'air très mystérieux.

Pour ridiculiser la banalité du début de l'histoire de son amie, 4-Trine arbore une grimace moqueuse.

OOOOOOOUUUUUH !

— Un appel !

— Arrête et écoute ! lui intime Zoé. C'était une grenouille appelée Auguste. Il disait que son amie, Luciole, la petite fée, était prisonnière dans un piège à écureuil, et qu'elle ne se portait pas bien du tout.

4-Trine tourne le dos à son amie.

Zoé en est surprise.

— Est-ce que tu vois quelque chose entre mes omoplates ? lui demande son amie.

Zoé s'approche.

— Euh,

— Tu ne vois pas une poignée, par hasard ?

— UNE POIGNÉE ? répète Zoé. NON !

— ALORS, NE ME PRENDS PAS POUR UNE VALISE ! C'est quoi cette histoire de grenouille qui parle ?

— **JE TE JURE QUE C'EST VRAI !** insiste Zoé.

— Jure-le sur quelque chose de très précieux, demande 4-Trine. Tiens, jure-le sur notre amitié.

— **JE LE JURE SUR NOTRE AMITIÉ !** crie Zoé, sans se retenir, l'air grave.

4-Trine ne sait plus quoi penser. Elle se retourne vers Zoumi. Ce dernier reste muet devant la révélation de Zoé. Lui, il semble la croire.

— Une grenouille appelée Auguste ? répète 4-Trine en accordant le bénéfice du doute à Zoé. Amie d'une petite... FÉE ?

INVRAISEMBLABLE !

— Je sais que c'est difficile à croire, mais je te demande de me faire confiance, de me croire.

Le regard teinté d'incrédulité de 4-Trine reste longuement campé dans celui de Zoé.

— Et comment sais-tu qu'il ne s'agit pas d'une autre blague stupide de Charles et de sa bande de bouffons ?

— Ce ne sont pas eux, j'en suis certaine, lui affirme Zoé. C'est trop facile, je reconnais leur voix tout de suite maintenant. Il faut leur venir en aide.

— Mais, songe soudain 4-Trine, la personne qui a tendu le piège, elle, lorsqu'elle trouvera la fée dans l'une de ses cages, elle la délivrera.

Zoé est loin d'en être aussi certaine.

— Si cette personne est assez méchante pour faire du mal à de si inoffensifs écureuils, j'ai peur d'imaginer ce qu'elle fera lorsqu'elle retrouvera la petite fée. Si nous ne réussissons pas à la trouver avant, il va lui arriver malheur, j'en suis certaine.

— Et où est-ce que nous devons aller pour délivrer ta fée prisonnière ? veut savoir 4-Trine.

Zoé baisse la tête...

DÉCEPTION !

— Je ne sais pas, la ligne a été coupée pendant la conversation, répond Zoé à son amie en relevant la tête subitement. Ce qui prouve qu'il ne s'agit pas d'une blague. Parce que si Charles et ses zozos voulaient nous jouer un tour, ils nous auraient dit où nous rendre pour la délivrer. De cette façon, ils se seraient vraiment désopilés.

C'EST JUSTE !

— Mais ce n'est tout de même que la moitié d'une histoire que tu nous sers là ! se désole 4-Trine.

Zoumi est d'accord.

— Oui, Madame Zoé, comment allons-nous faire pour la trouver avec le peu que nous savons ? Merci !

4-Trine se met à réfléchir quelques secondes, puis suggère :

— Lisons une page de Poupoulidou. J'ai toujours de bonnes idées lorsque je lis quelques page de ma bédé préférée.

LORSQUE STEVEN ROBIDOUX EST DANS LES PARAGES, VOUS POUVEZ TRAVERSER LA RUE SANS REGARDER DEVANT, CAR IL VEILLE SUR VOUS.

NON MAIS, QUEL HÉROS CE HÉROS !

39 KILOS DE MUSCLE À L'ÉTAT PUR AU SERVICE DU BIEN, EUH ! CONTRE LE MAL SI VOUS PRÉFÉREZ.

UN SUPER HÉROS COMME ON N'EN VOIT PLUS DE NOS JOURS !

POUR LE DÉCRIRE, LES MOTS NOUS MANQUENT, ALORS NOUS ALLONS EN INVENTER UN :

EXTRAFORMIDÉBILHOT !

VOILÀ COMMENT IL EST, STEVEN ROBIDOUX...

OUPS !

JE SENS QUE VOUS CRAQUEZ POUR STEVEN ROBIDOUX ET QUE VOUS ÊTES EN TRAIN DE TOMBER AMOUREUSE DE LUI !!!

C'EST NORMAL !

IL A TELLEMENT DE CHARME !

BONNE NOUVELLE MESDEMOISELLES,

IL EST CÉLIBATAIRE !

NON MAIS, PEUT-ON ÊTRE PLUS CHANCEUSE DANS LA VIE !

LA SUITE DANS LE ROMAN N° 13

— JE SAIS !
s'exclame 4-Trine
ensuite, comme elle
l'avait dit. Vous deux,
surfez sur le Net et
cherchez toute l'info que
vous pouvez sur les pièges à
écureuils.

— Et toi, qu'est-ce que tu vas faire ?
veut savoir Zoé.

4-Trine pointe sa coiffure avec ses
deux index.

— Il n'est pas question que je déam-
bule comme ça, dans les rues de
Woopiville, à la recherche d'une fée. Je
me ferais interner dans un asile de
fous. Je vais plutôt aller prendre
une douche chez moi. ZOUMI !
s'écrie-t-elle ensuite en
arrachant la casquette de
la tête du garçon. JE
T'EMPRUNTE ÇA !

Arrivée devant la porte de sa maison, 4-Trine constate que les poches de son jean sont vides.

— ZUT DE PET DE SINGE À LA BANANE ! s'écrie-t-elle. J'ai oublié ma clé !

Elle vérifie à nouveau dans chaque poche pour s'en assurer.

— NON ! Je ne l'ai pas.

Alors, pas le choix, elle frappe.

TOC ! TOC ET RETOC !

— J'espère que maman est arrivée du boulot ! SINON...

YES ! La porte s'ouvre.

OUI !

— Oui ! C'est pour quoi ? lui demande sa mère.

Évidemment, elle ne reconnaît pas sa propre fille, coiffée d'une casquette par-dessus ses cheveux dressés comme les pics d'un hérisson.

QUELLE CATASTROPHE !
QUELLE CATASTROPHE !

— Euh ! bafouille 4-Trine, visiblement mal à l'aise et gênée.

— Oui, jeune fille ? demande sa mère. Vous faites partie des jeannettes, et vous allez de porte en porte pour vendre des biscuits ? Je vais vous en prendre une boîte, bien sûr ! **non Deux !**

4-Trine inspire un bon coup et laisse tomber ses deux bras de chaque côté de son corps.

— C'est moi maman, je vais tout t'expliquer...

Les yeux de sa mère s'agrandissent d'étonnement.

— MAIS QU'EST-CE QUI T'EST ARRIVÉ ? TU AS ENCORE FAIT SAUTER LE LABORATOIRE DE CUISINE À L'ÉCOLE ?

4-Trine s'offusque du peu de confiance que porte sa mère sur ses talents et aptitudes en art culinaire.

— Non ! C'est Zoumi qui a tenté de me laver le cerveau avec sa dernière invention. Il paraît que l'on devient plus intelligent avec un cerveau propre.

Sous le regard médusé de sa mère, 4-Trine se glisse ensuite dans l'espace entre elle et la porte ouverte pour entrer dans la maison.

— UNE MACHINE POUR LAVER LES CERVEAUX ! Vous êtes très difficiles à suivre, vous les jeunes, quelquefois, en fait, très souvent !

300 km/HEURE...

— Je peux t'emprunter ton séchoir à cheveux maman ? C'est pour une MÉGA URGENCE, comme tu as pu le constater. Et puis cesse de vouloir acheter tout le temps des biscuits, ça fait grossir.

À l'autre bout de la ville, à l'orée de la forêt d'Enchantia, Zoé, 4-Trine et Zoumi sont tous les trois couchés dans l'herbe haute, devant une clôture en barbelés.

— C'est la bonne adresse ? veut s'assurer 4-Trine.

— Oui ! lui répond Zoé. La forêt d'Enchantia est juste derrière cette baraque délabrée.

— Non mais quel accueil ! chuchote 4-Trine à ses amis. Vous avez vu le panneau ?

DÉFENSE D'ENTRER

CHIEN TRÈS MÉCHANT ET PEU NOURRI

IL S'APPELLE ROMÉO ET IL RAFFOLE DES INTRUS, ET DES PANNEAUX...

— Dommage que ma petite chatte punk Capucine ne soit pas avec nous, se désole 4-Trine. Elle n'en aurait fait qu'une bouchée de ce cabot féroce.

— Alors, vous voyez, leur fait remarquer Zoé, c'est une très bonne décision d'être venus délivrer la fée. Le propriétaire est une personne foncièrement méchante. Ce panneau en est la preuve.

— Si c'est la seule voie possible pour entrer dans la forêt, leur fait comprendre 4-Trine, il faut traverser la clôture.

Zoumi se tourne vers elle.

— Mais le chien, Madame 4-Trine, vous l'avez oublié, merci !

— Il n'y a pas trente-six solutions tu sais, lui fait réaliser son amie. Et puis, ici, on ne peut pas s'attendre à avoir de l'aide de personne.

Elle se tourne ensuite vers Zoé.

— Et puis Alberto, ton crapaud ? lui rappelle 4-Trine. Est-ce qu'il va se manifester un jour, tu crois ?

— C'est une grenouille ! la corrige-t-elle. Et il se nomme Auguste.

Elle se contente ensuite de lever les épaules.

4-Trine inspire un bon coup, et ébauche un plan.

— Nous allons nous séparer. Toi, Zoé, tu partiras avec Zoumi. Si vous rencontrez Roméo, tu lui donneras quelque chose à se mettre sous la dent... ZOUMI !

Les yeux du principal intéressé s'agrandissent de terreur.

— Et toi, dit Zoé, tu vas nous attendre ici.

— Non ! J'entre aussi. Séparés, nous aurons deux fois plus de chances de la trouver.

C'EST MATHÉMATIQUE !

Après avoir examiné attentivement les lieux, 4-Trine constate que la voie semble libre. Elle soulève avec précaution les fils barbelés pour permettre à ses deux amis d'entrer. Ensuite, sur le ventre, elle se glisse sous le dangereux cordage de métal pourvu de pics pointus. Puis, sans dire un mot, elle montre son index à Zoé et Zoumi, et pointe le sol devant elle ensuite.

— Oui ! comprend alors Zoé. Dans une heure, de retour ici. Avec, ou sans la fée.

Aussitôt dit, les trois amis prennent deux directions différentes.

Seule dans la forêt hostile, 4-Trine avance avec d'infimes précautions. À chacun des pas qu'elle fait au milieu de cet endroit qui lui est totalement inconnu, elle attend quelques secondes, question d'écouter, de regarder, pour s'assurer que la voie devant elle est bien libre. Tout ce qu'elle souhaite, c'est de ne pas avoir à se frotter à ce Roméo de malheur, ce chien de garde qui, selon le panneau, semble très très menaçant.

Autour d'elle, il n'y a pas âme qui vive. C'est comme si le propriétaire de ces lieux détestait les animaux au point de les éliminer systématiquement tous.

ON N'ENTEND MÊME PAS DE CRIQUETS !

Partout, plusieurs arbres ont été abattus, sans doute pour une question d'approvisionnement en bois de chauffage. Est-ce possible d'être aussi irrespectueux de notre nature ? Le cœur de 4-Trine bat très fort.

Soudain, un petit craquement se fait entendre derrière elle. Apeurée, elle se retourne très lentement.

Bavant à quelques mètres d'elle comme un animal enragé sur le point d'être rassasié, énorme, laid, la gueule remplie d'incisives bien affûtées, Roméo la regarde goulûment.

4-Trine sait très bien que toute tentative de débâcle serait complètement vaine. Sans bouger la tête, que les yeux, elle examine autour d'elle pour voir s'il n'y aurait pas une branche avec laquelle elle pourrait se défendre.

RIEN ! Il n'y a que de l'herbe, même pas un seul caillou qu'elle pourrait lancer à la grosse bête. Comme elle regrette amèrement de ne pas y avoir songé plus tôt ! Comme elle regrette de ne pas avoir fait preuve de prévoyance !

Sachant qu'il tient sa victime entre ses griffes, le molosse fait lentement un pas en avant. Machinalement, poussée par la peur, 4-Trine fait un pas de recul. Devant elle, on dirait que Roméo lui sourit de façon diabolique.

Juste comme il se rabat sur ses quatre pattes pour bondir sur elle, un bruit sec de feuillage que l'on écarte se fait entendre.

CHRRRRRRR !

D'un bosquet, une autre silhouette apparaît, celle de Capucine...

Une larme de joie coule sur la joue de 4-Trine, qui sait très bien que maintenant... ELLE EST SAUVÉE ! 4-Trine connaît l'agilité, la force et, surtout, le **TRÈS TRÈS TRÈS MAUVAIS CARACTÈRE** de sa petite chatte punk, mais Roméo, lui... IL L'IGNORE !

Croyant voir apparaître ce qu'il considère comme un dessert à son copieux repas, l'horrible molosse se met à hurler de délectation...

... avant de bondir, toutes griffes sorties, en direction de 4-Trine.

À la vitesse de l'éclair, Capucine se jette devant Roméo pour engager le combat.

Le gros chien réagit alors.

Il bondit vers Capucine !

Adroite, la petite chatte saute, esquive l'attaque...

BOING !

... et retombe sur ses quatre pattes.

En à peine quelques secondes de confrontation, le très méchant Roméo se retrouve complètement assommé.

Près de la scène, 4-Trine se jette ensuite vers sa petite chatte pour la soulever, et lui administrer le plus grand de tous les câlins.

— Tu sais que tu viens de me sauver la vie, toi ? MIIIAAAOOOOUUU !

Affectueuse, Capucine se frotte la tête sur le cou de sa maîtresse.

— Je t'aime Capucine...

Après avoir marché quelques minutes toutes les deux dans la forêt, elles croisent un peu plus loin sur leur chemin Zoé, Zoumi... ET UNE GRENOUILLE !

— NOUS SAVONS OÙ SE TROUVE LUCIOLE LA FÉE ! lui annonce tout de suite Zoé, qui arrive vers elle. 4-Trine, je te présente Auguste la grenouille. Il est l'ami de la petite fée. C'est lui qui m'a téléphoné pour me prévenir.

— Permettez-moi de vous saluer, jolie demoiselle, lui lance la grenouille.

4-Trine observe, bouche bée, la grenouille qui vient, à son grand étonnement, de lui adresser la parole. 4-Trine la regarde encore longuement, la bouche toute grande ouverte de stupéfaction.

Zoé se penche vers son amie.

— Je te conseille de fermer ta bouche, sinon tu vas avaler une mouche.

Son amie finit par sortir de sa torpeur.

— Je vois que tu es avec Capucine, constate Zoé. Elle est venue te rejoindre si loin, dans cette forêt ?

— Oui ! lui répond 4-Trine. Elle m'a sauvée des griffes de ce fameux Roméo. Vous pouvez me croire, il ne risque plus de nous embêter celui-là.

— C'est une excellente nouvelle, s'exclame la grenouille Auguste. MERCI CAP !

— CAP ! répète 4-Trine. Euh ! Vous vous connaissez ?

— Oui ! Depuis très longtemps. Votre petite chatte séjourne très souvent dans la forêt d'Enchantia.

— Vous parlez le langage des chats ? s'étonne Zoé.

— Oui ! Un peu ! répond Auguste. Et, bien entendu, je parle aussi la langue des fées.

— Et la couronne dorée ? veut savoir
4-Trine. Qu'est-ce que ça signifie ? Vous êtes
roi de quelque chose ? Ou prince d'une lagune
quelconque ?

Auguste la grenouille s'étonne de la question de sa jeune interlocutrice.

— Quelle couronne ? Mais de quoi me
causez-vous jeune fille ?

— **MAIS DE LA COURONNE QUE VOUS
PORTEZ SUR LA TÊTE VOYONS !**

Auguste lève les yeux et aperçoit soudain
l'objet doré.

— **AH !** Tiens donc ! s'étonne la grenouille.
C'est la première fois que je la remarque. Il
faut y aller !

Et elle se met ensuite à sautiller pour s'enfoncer encore plus profondément dans la forêt.
Zoé, 4-Trine et Zoumi se lancent tous les trois
des regards interrogateurs.

Plus loin, entre deux arbres morts, la
grenouille aperçoit une cage rouillée.

— **Voilà** s'écrie Auguste, qui se met à
gambader plus rapidement. **ELLE EST LÀ !**

Tous s'approchent de la cage.

— OH NOOON ! lance Auguste, désespéré.
IL EST TROP TARD !

— non ! elle Respire encore !
fait remarquer Zoé avec soulagement.
— IL FAUT LA SORTIR DE Là
IMMéDIATEMENT !

Zoé soulève la cage et ouvre la porte.
Ensuite, très délicatement, 4-Trine introduit sa
main dans l'ouverture pour en extirper la petite
fée. Près d'elle, Auguste bondit très haut dans
les airs afin de voir dans quel état se trouve sa
minuscule amie.

Dans la main de 4-Trine, Luciole ne bouge pas, et respire à peine. Un grand silence envahit soudain la forêt lorsque Auguste cesse de sautiller. Dans ses grands yeux rouges, Zoé, 4-Trine et Zoumi devinent des larmes. Zoé se penche vers la grenouille.

— Qu'est-ce qui se passe Auguste ? Pourquoi est-elle si faible ? Sommes-nous arrivés trop tard ?

Auguste demeure silencieux pendant de longues secondes avant de finalement répondre. Une grosse larme coule sur son museau vert, et tombe sur une feuille sèche sur le sol.

— Nous ne pouvons plus rien pour elle, lui annonce-t-il à contre-cœur. Dans cette cage, elle a dépensé toutes ses étoiles.

— Quelles étoiles ? veut comprendre Zoé. De quoi parlez-vous ?

— La vitalité d'une fée est composée de sept étoiles, qui faiblissent avec le temps qui passe, leur explique Auguste. Il y a quelques jours, lorsque nous tentions tous les deux de libérer un écureuil, ce gros chien répugnant de Roméo a surgi de nulle part. Moi, j'ai pu m'enfuir, mais Luciole, elle, a dû trouver refuge dans la cage, qui s'est refermée sur elle. Avec l'énergie de ses étoiles, elle aurait pu ouvrir facilement la porte et sortir de cette prison. Mais il ne lui en restait alors qu'une seule, qu'elle devait conserver pour se maintenir en vie.

Doucement, 4-Trine se penche vers Auguste.

— Mais, veut-elle comprendre, ces étoiles de vitalité, est-ce qu'elles peuvent revenir ?

— Oui ! Chaque fée possède un gros champignon, sur lequel elle dort pour retrouver sa vitalité. Mais ces champignons féeriques sont un secret bien gardé

des fées à qui ils appartiennent. Je connais beaucoup de choses sur mon amie Luciole. Mais son champignon, j'ignore complètement où il se trouve...

Autour de la grenouille, un grand sentiment d'impuissance s'installe. Dans sa main, 4-Trine sent tout à coup le corps de Luciole, qui devient de plus en plus froid.

— Mais c'est quoi au juste cette énergie, fouille encore Zoé, qui ne décroche pas. De l'électricité ? C'est quoi ?

— Des ions, lui répond Auguste, les yeux fermés. Des ions négatifs comme on en trouve dans l'air à la suite d'un orage, qui vous vivifient et vous rafraîchissent les journées de grande chaleur.

Zoé lève les yeux vers le ciel bleu, immaculé.

— Il n'y a aucune chance qu'un orage se déclare aujourd'hui, constate-t-elle avec regret.

— MAIS, MADAME ZOÉ, JE SAIS OÙ TROUVER DES IONS NÉGATIFS VIVIFIANTS À LA TONNE ! s'exclame soudain Zoumi. MERCI !

Zoé, 4-Trine et Auguste se tournent tous les trois vers le jeune garçon.

— OUI ! DANS MA MACHINE À NETTOYER LES CERVEAUX ! MERCI !

Zoé se lève promptement et se place devant Zoumi.

— Répète ce que tu viens de dire !

— Mais, Madame Zoé, ma machine à laver les cerveaux fonctionne avec un bombardement dynamisant d'ions négatifs ! Je le sais, parce que c'est moi qui l'ai fabriquée, merci !

Zoé se penche et ramasse Auguste. Ensuite, comme des fusées, ils se propulsent tous les trois en direction de...

LA MAISON DE ZOUMI !

Mais juste comme ils allaient quitter la forêt, ils sont arrêtés par un homme costaud au visage dur, antipathique et inhospitalier.

— TIENS ! TIENS ! DES INTRUS ! Qu'est-ce que je vais faire de vous ? Après avoir été envahi par des écureuils, me voilà assiégé par des jeunes voyous.

Zoé fait trois grandes enjambées en direction de l'homme, et se place à un centimètre de son nez.

— CE QUE VOUS FAITES ICI AUX ANIMAUX ET À LA FORÊT EST IMPARDONNABLE ! NON SEULEMENT VOUS ALLEZ NOUS LAISSER PASSER TOUT DE SUITE, MAIS VOUS ALLEZ QUITTER WOOPIVILLE POUR TOUJOURS, SINON GARE À VOUS ! JE VAIS REVENIR ET JE NE SERAI PAS TOUTE SEULE !

L'homme, visiblement, est décontenancé par la détermination de la jeune fille qui le réprimande comme le fait une directrice d'école. Devant lui, le regard furieux, Zoé le fixe sans broncher. Dans sa main, elle tient une curieuse grenouille aux yeux rouges. Se sentant soudain coupable de ses agissements, l'homme s'écarte du chemin de Zoé, en regardant le sol de façon piteuse.

Arrivée rapidement dans le garage de Zoumi, 4-Trine dépose le corps inerte de la petite Luciole sur le banc placé au centre de la machine à nettoyer les cerveaux. Après avoir fermé la porte de l'appareil, Zoumi le met en marche sans plus attendre.

Par le hublot, la lumière vive les empêche de regarder à l'intérieur. Au bout de plusieurs longues minutes, Zoumi éteint son appareil et ouvre la porte. Le corps de Luciole a disparu. Toujours dans la main de Zoé, Auguste ferme à nouveau les yeux.

— Il était trop tard, en conclut-il, très attristé. Elle est disparue.

Le lendemain, malgré le fait qu'elles se soient retrouvées très tôt toutes les deux ensemble, Zoé et 4-Trine ne se sont pas dit un seul mot... **PAS UN SEUL** !

Elles n'ont fait que se lancer des regards sporadiquement. Assises sur le banc du parc, elles attendent mutuellement que l'autre brise, par un premier mot, ce lourd silence.

— Nous n'avons peut-être pas d'amie fée, mais nous nous avons toutes les deux, finit par dire 4-Trine, qui n'en pouvait plus de ce silence insupportable.

Zoé, elle, par contre, se contente de hocher la tête en silence.

— Ah oui, c'est vrai ! continue 4-Trine. Nous avons aussi un ami grenouille du nom d'Auguste. Tu réalises ? C'est pas mal cool, moi, je trouve.

Zoé hoche la tête encore.

— Tu crois que cet idiot de Zoumi a tenu sa promesse de ramener Auguste dans la forêt d'Enchantia, comme il avait dit qu'il le ferait, hier soir ?

Zoé hausse les épaules.

— Je crois que nous devrions y aller, juste pour nous en assurer.

4-Trine se lève promptement.

— **ALLEZ MISS DÉPRIME !** la défie-t-elle. Une course jusque là-bas. La dernière arrivée chez Zoumi est la plus laide des deux. Je sais que c'est toi la plus laide, mais je veux te laisser une chance.

Zoé sourit enfin à son amie... ET SE MET À COURIR !

— **TRICHEUSE !** l'invective 4-Trine, qui a peine à la suivre.

Arrivée à la hauteur de la rue de la Crêpe, Zoé trébuche, et se ramasse UNE TROISIÈME FOIS sur les fesses, DANS LE MILIEU DE LA RUE !

4-Trine, qui s'apprêtait à venir en aide à son amie, s'arrête net lorsqu'elle aperçoit un très long et lourd camion... **QUI FONCE DROIT SUR ZOÉ !** Toujours sur son séant, celle-ci est pétrifiée. Alors que le dangereux véhicule n'est plus qu'à quelques mètres d'elle, elle se sent tout à coup soulevée du sol très rapidement. Sous son corps qui flotte maintenant dans le vide, au-dessus de la rue, le camion poursuit sa route. Autour d'elle, plusieurs étoiles tournoient telle une tornade lumineuse.

Sur le trottoir, 4-Trine n'en croit pas ses yeux. Comme par magie, les étoiles emportent ensuite Zoé. Sur la terre ferme, 4-Trine suit de peine et de misère, en courant, les déplacements de son amie, qui virevolte et vole en direction de la forêt d'Enchantia.

Près d'Auguste, qui attend au beau milieu d'une clairière, Zoé atterrit comme un oiseau gracieux. 4-Trine, à bout de souffle, arrive quelques secondes après.

— Mais qu'est-ce qui se passe Auguste ?

La grenouille arbore un large sourire.

— La machine de votre ami Zoumi a fonctionné.

Autour des deux amies ébahies, une espèce de gros insecte virevolte...

LUCIOLE !

Zoé et 4-Trine l'observent, émerveillées toutes les deux.

WOW !

— Hier, raconte Auguste, Luciole ne possédait même plus une seule étoile, il ne lui restait qu'une simple poussière d'étoiles. Cette poussière, ravivée par la machine de Zoumi, s'est échappée et a retrouvé son champignon. Ce matin, dans mon étang, Luciole a fait battre ses ailes au-dessus de l'eau, comme elle fait toujours. Éclaboussé, je me suis réveillé. J'étais si heureux...

— Mais, réalise tout à coup Zoé, vous m'avez tous les deux sauvé la vie ? Vous, Auguste, et Luciole !

— Hier vous m'avez raconté que vous étiez tombée deux fois, lui rappelle la grenouille. Et comme je vous ai répondu, il y a un dicton qui dit : jamais deux sans trois. Alors, je devais vous surveiller, car je savais que cela allait se produire... UNE TROISIÈME FOIS !

Autour des deux amies, joyeuse, Luciole continue de virevolter.

— Je ne savais que faire pour vous démontrer ma gratitude. C'est Luciole qui en a eu l'idée. Nous allons vous montrer les plus beaux endroits de la forêt... VENEZ !

43

44